赤瀬川原平
Genpei Akasegawa

# 増補 健康半分



deco library

# 増補 健康半分

赤瀬川原平

deco library

本書は、二〇一一年に刊行された『健康半分』（デコ）の増補版です。「病気旅行に出かける」から「ワケあり」までの二十三編に、「人体のオートとマニュアル」から「頭に広がる謎の答え」までの九編を増補しました。

初出は、医療健康雑誌『からころ』（ネグジット総研発行）の巻頭エッセイ「病気の窓」です。各編の最後に初出の発行年月を記しました。

イラストは、『健康半分』刊行の際にかき下ろされたものです。

# 目次

## Ⅰ　二〇〇六～二〇〇七年



## Ⅱ　二〇〇八～二〇〇九年

## III　二〇一〇～二〇一一年

## IV　二〇一二～二〇一三年

自筆原稿

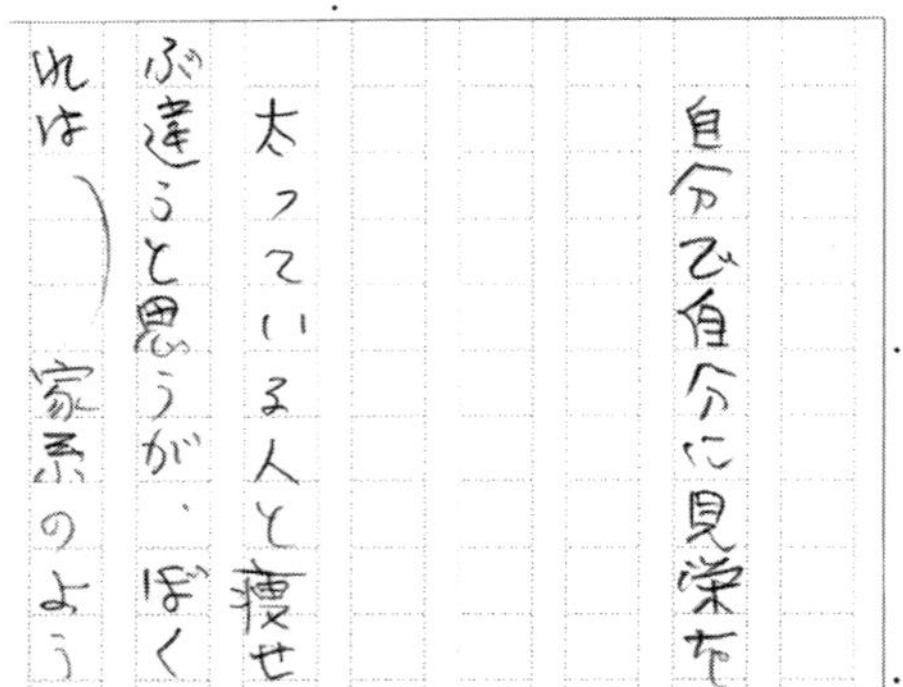
自分で自分に見栄を張る

赤瀬川隼

太っている人と痩せている人で体生活の仕方がだいぶ違うと思うが、ぼくは痩せている方だ。これは家系のようで、歳をとると兄弟みんな痩せてくる。両親も痩せ型だったのを思い出す。やはり基本型に近づくのだろう。

痩せていると、太った人が羨ましい。とくにそう思うのはお尻の問題で、固い椅子などに坐ると、腰骨の下の二箇所がごりごり当たって痛い。皮下脂肪がないので、野球観戦などに行くときは、クッションを持参しないといけない。いわば携帯用の皮下脂肪だ。

でも太っている人にも苦労はあるようで、血圧やその他、成人病の心配が出てくる。それに夏など汗がたらたらで、痩せている人が羨やましいていう。

20×20

Akasegawa Otsuji

世の中、経済的には格差社会といわれて、これは社会構造の改良で何とかしてほしいが、肉体の方の格差は、これはどうしても自己責任ということになってくる。

痩せ組としては、とにかく冷えの警戒が必要だ。冬はむしろしっかり着込むから、あんがい大丈夫だ。それより春や夏が危ない。暑いからと脱ぐのは仕方ないが、見栄をはって脱ぐのが危ない。下着なんて誰にも見られてはいないんだけど、自分で自分に見栄を張って、平気だ平気だって薄着にしたりする。首巻なんて暑苦しい、と見栄を張って、ほんと置いて出たりする。そして外出先の電車やビルの冷房にやられて、しまった、やはり用心するんだったと後悔する。
　ぼくは首巻きのほかに、足首を守るレッグウォーマーも必需品だ。自分への見栄張りは最少限に止めている。

20×20

Akasegawa Otsuji

「自分に見栄を張らない」の自筆原稿。
タイトルは単行本化（2011年、『健康半分』）の際に変更されています。

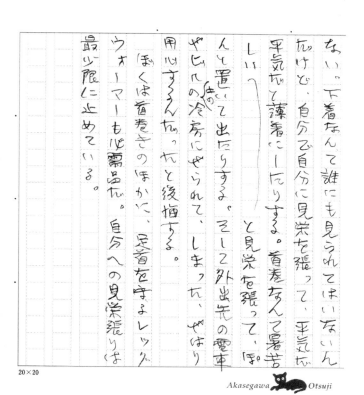

# I

## 二〇〇六〜二〇〇七年

# 病気旅行に出かける

病気はチャンスだと思う。成りたくて成る人は一人もいない。でも時と場合によっては成ってしまう。自分から成れないものに成ったのだから、これはチャンスだと思うようにしている。一定期間、病気の世界を通り抜けていく。いわば病気観光、病気旅行だ。

エッセイなど読んでいても、やはり経験の幅の広い人のものは圧倒的に面白い。エッセイでなく人と会っての話でも、病気をくぐり抜けた人の話は面白い。多くを語らなくても、何となく言葉のやりとりに、厚みがある。

病気でなくて貧乏もそうだ。貧乏を知らない人の話は、いまひとつ味わいがない。貧乏だけではちょっときついが、いちばんいいのは、貧乏と金持を行き来した人の話だ。その点での白眉《はくび》は、内田百閒《うちだひゃっけん》である。この人の書く文章は、どこをとっても面白い。百閒はお金持の家に生まれて、没落して貧乏となるが、お金持のままだったら、おそらくあんなに面白い文章は書けなかっただろう。

同様な人でもう一人というと、熊谷守一《くまがいもりかず》。やはり両極を往復している。この人は画家だから言葉はあまり残していないが、わずかに点々と残された言葉が、石ころみたいに何でもないくせに、気がつくと強く光って、気品に満ちている。

自分が病気になって思うことは、人体の病気と地球の天気とどことなく似かよっていることである。自分の体が晴れたり曇ったり、だいたいの理由はわかるのだけど、それが高じて嵐になったり、雹《ひょう》が降ったりして驚く。

健康なときは体は体にまかせているが、病気になると体がありありと見えてくる。ぼくはそれをチャンスだと思うのである。

二〇〇六年二月

＊内田百閒　小説家、随筆家。一八八九年岡山市の造酒屋に生まれる。東京帝国大学に入学し、夏目漱石に師事。短編小説集『冥途』で文壇に認められる。『百鬼園随筆』『大貧帳』『阿房列車』『ノラや』などのユーモアに富む随筆で多くの読者を獲得した。

＊熊谷守一

画家。一八八〇年岐阜県生まれ。東京美術学校西洋画科卒業。「猫」「宵月」「アゲ羽蝶」など、色面と輪郭線だけの構成による独特の油絵で知られる。著書に『へたも絵のうち』など。東京都豊島区に熊谷守一美術館がある。

# 病気さんとのお付き合い

ぼくは病気を、一人の人間みたいに思うようにしている。病気という名前の人である。この人がときどき交際を求めてくる。もちろん好きな人ではないからお断りしたいのだが、そうもいかない事情がある。世の中には現実のこの人、病気さんが、たくさん動き回っているのだ。電車の中にも横断歩道にもたくさんいるから、無関係ではいられない。

必要悪という言葉があるが、この病気さんに対しても、嫌だけど、ほどほどの交際は必要なんだと思っていた方がいい。

顔を合わせたら、少なくとも挨拶ぐらいはしておく。嫌だからといって無視すると、相手は逆上することがある。そうなると急激に関係が深まってしまい、別れるのに苦労する。病気にだって生活があるんだからと考えて、あるていどはお付き合いをして、潮どきを見てうまく離れていくのがいいのだけど、それは相手によってもいろいろだ。

ぼくはぎっくり腰と関係が深い。これは非常にわかりやすい病気だ。はじめは驚いて、あわてて医者や治療所に行ったが、いろいろ手当てしてもらっても、治るのに一週間はかかる。逆に放っておいても、一週間ほど耐えていれば、だんだんと治ってくる。ぼくは中年のころから数えてもう十回くらいそれを経験している。これだけお付き合いをしてくると、この病気の人柄のようなものがわかってくる。

ぎっくり腰と顔をあわせたら、一週間くらいはお付き合いを覚悟するのだ。変に抵抗はせず、しばらくは同席しながら溜息をついたりしていると、病気の方もだんだんおとなしくなり、いつの間にかこの体から去って行く。

二〇〇六年五月

こんにちわ
病

# 病気は体ののぞき穴

健康第一というのは、健康なときにはわからない。健康はふつうのときには当たり前のことだからだ。体をこわしてやっと、健康第一なんだとつくづく思う。だから健康とは、空気みたいなものだといえる。あって当たり前で、ふつうは意識もされない。だから健康の中には、いろんなものが隠されている。ふだんは見えない体の秘密が、健康を害したときにはじめていろいろ見えてくる。病気は体ののぞき穴だ。

むかし磯遊びをしていて、右手を怪我した。フジツボだらけの岩に思わず掌《てのひら》をついたのだ。傷口があき、しばらくの間は右手に包帯を巻いての生活だった。まあ命に別状はないからとタカをくっていたが、次の朝、顔を洗うときに驚いた。顔がぜんぜん洗えない。

ふつうなら水道の蛇口をひねり、出た水を両手で受けて顔面をぱしゃぱしゃ洗う。まあ右手が使えないので、左手だけでゆっくりやろうと思ったが、左手一つでは水がぜんぜん掬《すく》えないのだ。ふだん両手でやるのを片手だから、まあ半分かと思っていたのだが、半分どころか、ほとんど水が掬えない。驚いた。

実験すればわかるだろう。怪我までする必要はないが、右手をお尻のポケットに入れて、左手だけで顔を洗ったら、驚くに違いない。ふだんふつうにやっていることが、なんと不器用に、不自由になることか。

それからふだんは両手で水を掬って、右手は右の顔面、左手は左顔面と、無意識に分担して洗っている。でも右手が駄目だから左手で右の顔面も洗ったのだが、それがまたあり得ないほどの不器用な感触なので、これが自分の手かと疑ってしまった。

二〇〇六年七月

# 植木鉢のネジ巻時計

ぼくは最近ネジ巻式の腕時計が好きになった。クォーツは正確だけど、結局のところ修理ができない。多少はできるんだろうけど「新しいのを買った方がおトクですよ」といわれてがっかりする。

何年か前にふと機械式の古いネジ巻時計を買って、そうだ、これがあったと嬉《うれ》しくなった。以来、安くて顔のいい時計を買ってしまって、机の上にいくつか並んでいる。

朝、机の前に坐ると、その時計のネジを一つずつゆっくりと巻いていく。これが気持いい。まず最初が昔の国鉄時計で、二万円で買った。運転手が運転台に置いていた懐中時計で、これは秒針を止めて合わせられる。一一七番の電話で正確な時刻を聞きながら、それにカチッと合わせるのが気持いい。

といってぼくは時間にはルーズな方だけど、この瞬間は何か世界と歩調が合っているみたいで気持いいのだ。それからほかの腕時計のネジを一つずつ巻き上げて、その国鉄時計に時刻を合わせる。

旅に出たりして帰ってくると、時計がばらばらに止っている。それぞれネジの息の長さに違いがあるのだ。そのネジを一つずつ巻き上げていくと、また一つずつ動きはじめる。これが何か、植木鉢に水をあげているみたいで、何だか気持いいのだ。時計がまた一つずつカチカチと、生活を始めて伸びていくような気になってくる。

時計は金属製の無機物だけど、毎日ネジを巻いていると、生きものの感じがしてくる。クォーツではそういう交流がないので、そんな感情がわいてこない。

二〇〇六年十月

チク
タク

# 一瞬の病気自慢

病気自慢って、何故《なぜ》盛り上がるのだろうか。必ずしもいい話ではない。苦しかったことの話だけど、その感覚を共有している者どうしだと、その話が微《び》に入り細《さい》に入りという感じで盛り上がる。同席の未体験者は、その時間、疎外感さえ味わうほどだ。

これは同窓会の感じに似ている。小学校、中学校時代、まだ何もわからずに同じ学校に通ったどうしが、その後の成人時間を経て中年、初老といったころに再会すると、一気に懐かしさが爆発して異様に盛り上がる。

考えてみれば、同級生だったのは人生のうちのわずかな時間だ。でもみんな無知の年齢体験だったのは同じことで、そのわずかな時間を共有した事実は濃密である。

病気自慢もそれに似ている。病気というのは健康を外れて、ちょっと危機に近づくことだ。健康な状態ではまず味わえない体験をするし、深い思いも生れる。その思いが何なのかはわからないにしても、健康に返ってからの気持の奥底に、見えない座蒲団が密かに一枚支給されて敷かれた感じだ。

ある島で、友人の叔父さんと話をしていた。特攻隊の生き残りだそうで、そう聞くと一目置かざるを得ない。見たところ頑丈な体をしているけれど、一月ほど前に胃潰瘍《いかいよう》の手術をしたという。十一針縫ったと聞いて、ぼくは何となく嬉《うれ》しくなった。ぼくも十一針だ。夏でもあり、ぼくは自分のTシャツをさっとめくって腹を見せた。二十歳のころ十二指腸潰瘍の手術で、十一針縫った跡がある。負けじと叔父さんも腹をめくって、その縫い跡はまだ生々しかった。友人の小学生の娘が目を丸くして、二つの腹を見ていた。

二〇〇七年一月

# 時が解決する

病気というのは、時間が解決するという部分がずいぶんあると思う。病気の原因がわかり、それを治すために正面から立ち向っても、原因は多岐にわたることが多い。

正面から取り組むことは必要である。でも人間の考えは万能ではないから、正面というのが、本当に正面なのかどうかわからないこともある。そんなときは、あとはもう時の流れにまかせようと、その正面から外れてみる。

考え方によっては、これは逃げたと思われ、それを恥じるためなおも正面に固執する、ということもある。

この辺の揺れをどう見るかは難しいところだが、ぼくは、とくに歳をとってから、時の流れに身をまかすことが多い。

時の流れとは、自然の流れのことだ。これはかなり日本的なやり方だと思う。四季があり、今年は畑に失敗したけど、また来年種を蒔《ま》けばいいというような、その感覚が体の底の方にある。

西洋的な、理詰めの考えでは、それはいいかげんだとなるのだろうが、でもとりあえず放っておく、棚上げにする、ということでそこを離れ、しばらくして気がつけば、納まるところに納まっていることが多い。体にもその傾向はある。

といっても、ただ放っておくのは難しい。それをそれとして棚上げするには、何かもっと別の興味ある事柄を見つける必要がある。その別のことに夢中になっている間に、時を忘れ、ふと気がつくと、かつての難題が納まるところに納まっている。そういう自然の力に気がつくことは大切なことだと思うのだ。

二〇〇七年四月

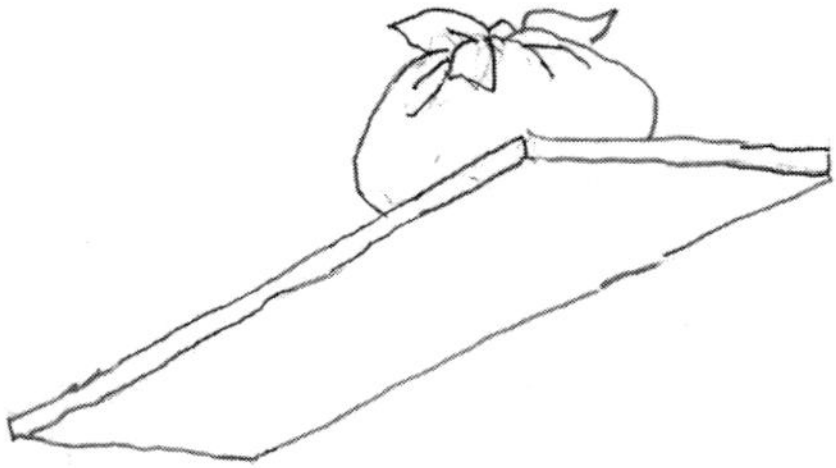

# 犬が怖いという気持

ぼくは子供のころから犬が怖かった。とにかくあの濡れた大きな口に並ぶ歯を見ただけで「噛《か》みつかれる」と思ってしまう。そんなに怖がるのは、子供のころ噛まれたことがあったのですか、とよく訊かれるが、それはない。ただあの大きな口と歯が、とにかく怖かった。

でも五〇歳になったころ、近所に捨て犬があった。ダンボール箱に入れられて、まだ小さな毛糸玉ぐらいのもので、妻と娘が飼いたいといい出した。ぼくはそんな小さなものを怖いともいえず、渋々受け入れた。

一年ほどは触《さわ》りもしなかったが、いっしょに住んでいるとそうもいかず、いつの間にか、おずおずと紐をつけて散歩するようになった。そうなっていちばん嬉《うれ》しかったのは、よその犬に吠えられなくなったこと。

それまでは怖い怖いと思っているからか、よその犬によく吠えられた。そうすると、こちらはよけい怖くなる。それでまたさらに吠えられる。

でも自分の家の犬に慣れてからは、すれ違うよその犬にも興味が湧いてきた。そういう興味の目で見ながらすれ違うと、向うは吠えずにすまして通り過ぎる。

なるほど、と思った。いや何がなるほどか自分でもわからないが、何となく、犬との間合いのようなものがわかったのだろう。頭ではわからないが、知らずに体に染み込んで発散するものを、犬も感じるのだろう。

動物の世界は不思議だ。それは人間の体の不思議にも通じている。人間の体の中でも、頭ではわからない犬のようなものが、いろいろと動いているらしい。

二〇〇七年七月

## 満塁のマウンドに立つ

病気にはなりたくないが、いざなってしまったら、それを一つのチャンスだと考える。ものごとを本気で考えるチャンスである。

ふつうの状態では、なかなか本気にはなれない。頭から出てくる答えはいつも同じでも、安全地帯での頭と、絶壁に追いつめられての頭では、頭の働きが違う。

そこが人間の頭とコンピューターとの違いだ。コンピューターはいつも同じ結果を出すが、人間の頭は局面によって揺れ動いている。その揺れ動きの奥に、未知の能力が隠されている。

絶壁的な極限状態といえば戦争での場面だが、戦争は怖い。極限すぎる。となるとその代りにあるのがスポーツだ。

スポーツは相手との闘いであるところが、戦場にも通じる。自分はもちろん相手に勝ちたい。相手も勝とうとしている。だから局面は双方が揺れ動いて、複雑系の極致だ。いわゆる机上の落着いた考えではなくて、いつも瞬間の絶壁に立たされている。

ぼくが病気で感じるのは、そのことだ。自分の体が絶壁になってくる。今のここしかないんだという実感である。要するにノーアウト満塁の時のピッチャーだ。後悔してもはじまらない。打球が風に流される不運もあったが、とにかく自分はいま満塁のマウンドに立っている。
というのが野球であれば投げ出すこともできるが、人生の場合はそうはいかない。人生に来シーズンはない。というところで人生時間というものを、緊迫の場面でしみじみと考えられる。コンピューターにはできない、人間だけの贅沢である。

二〇〇七年十月

# II

## 二〇〇八～二〇〇九年

# ヒマだから見えること

病気になるとヒマになる。ヒマになると新聞をよく読む。新聞なんて、ふつうは朝の忙しい時間にパサパサと開いて、ほとんど見だしだけを拾ってページをめくる。野球の好きな人ならスポーツ欄でちょっと止まり、

「お、小笠原がツーランか……」

というので周辺の記事を少しだけ読み、後はまたパラパラとページをめくって、畳《たた》んで終わる。

これがふつうの忙しい一日の始まりだけど、病気になるとヒマになる。ヒマになるとスポーツ欄へ行く前にも、社会面や家庭面の小さな記事に目がとまる。むしろ小さな記事であるほど何かヒミツが潜む気がして、じっくりと読み込む。それがすむと、いつもなら目も止めない小さな広告も、じっくり眺める。広告の内容だけでなく、書体の違いや、罫線《けいせん》の太さや、いつもならどうでもいいことを見極めるのが、面白くなる。

ぼくは昔、社会面の下にある三行広告が気になっていた。たとえば家出少年に向けた「心配せずにすぐ帰れ」という母親の言葉とか「金のことは気にするな」という父親の言葉など見つけては、その後この一家がどうなったのかと気になってしょうがない。あくる日も次の日も、必ずその広告欄を見るようになった。

こんな事は忙しく働いているときにはまずないことだ。ヒマだから、いつもは見えない生活の隅々が目にとまる。それが何になるのかはわからないが、少なくとも興味は生まれる。興味のあるところには、何かが隠れているはずだ。人間、どんな状態にあっても、見るものはたくさんある。

二〇〇八年一月

# 電話に出ると咳込む

病は気からというが、若いころはあまり実感がなかった。意味としてはわかるけど、若いころは体も分厚いし、神経も分厚いのだろう。でも歳をとると、体も神経も細くなる。というか、体力も気力も縮んで、スリムになって、それでむしろ感じ方が敏感になってくるような気がする。

友人に、電話に出るとすぐ咳込みはじめるのがいた。それを見て、電話くらいでいちいち緊張するな、と思っていた。気持の弱さだと思っていたのだ。でも自分が歳をとり、自律神経の劣化から鼻づまりや咳込みがひどくなってくると、それが現象としてよくわかる。気持の弱さとか精神構造の問題ではなく、筋肉その他の機械的構造の問題だとわかるのだ。

つまり体力が弱ると、呼吸というのがじつは大変な仕事なんだとわかるし、その上電話に強制されると、さあ出るぞと体が身構えて上気してくる。ぼくの場合はそれで電話のとき鼻声になってくるのがよくわかった。

最近はさらに「目まい」というものに襲《おそ》われ、体の弱さと敏感さとの関係がよくわかる。強いものは防衛感覚が低いけど、弱いものはそれが高い。だから敏感にもなる。目まいにはじめて襲われた時は、ぐらぐらとして立ってもいられず、大変だった。でも少しずつ回復途上のいま思うと、その現象にはかなり心理的パニックが加わっていて、事態をさらに大変にしていたことがよくわかる。ぐらぐらがきても、焦らずに落着けばいいとわかってくると、余分な症状を加算されずにすむ。やはり経験するということは大きい。

二〇〇八年三月

コホ
コホ

# 病気陣営の会議

昨年の暮、目まいになって、それを治すことが当面のテーマだ。当初は目まいとともに吐き気に襲《おそ》われ、どうしようもなかった。最悪の状態は脱したが、まだ町に出歩くとぐらぐらする。でもこれを治すにはリハビリ第一だと理解して、できるだけ出歩くようにしている。だから慣れてはきた。

ところがこの目まいのお陰かどうか、二年近く悩んだ鼻づまりの鼻がすーっと通るようになってきた。これはじつに嬉《うれ》しい。

でもどうして治ったのか。もういちど飲みはじめた薬が効いたのか。それとも何かのタイミングなのか。いずれにしろ目まい発症の二週間後に、鼻はすーっと通ってきたのだ。

この二つの症状は、どこかで絡み合っているような気がする。たぶん、病気の方でも、一つの体で二つは大変だろうからというので、前の一つを引っ込めたのではないか。

鼻づまりと目まいが即入れ変わったのではなく、二週間のインターバルがある。たぶんこの二週間の間に、病気陣営の内部では激論が交わされていたのではないか。病気二つくらい平気だという強行派と、いや、いちどに二つはムリだ、という穏健派とが会議を重ねて、穏健派が勝ったのだろう。体の本人である私としては、非常にありがたい。何しろ鼻づまりは苦しかった。ほっとしている。

とはいえ、このところは長年の持病でもある腰痛がまた存在感を増してきていて、整形外科のリハビリにも通っている。いちどは引っ込んだ強行派が、別の手できたのかもしれず、これも油断できない。

二〇〇八年六月

# 自分に見栄を張らない

太っている人と痩《や》せている人では生活の仕方がだいぶ違うと思うが、ぼくは痩せている方だ。これは家系のようで、歳をとると兄弟みんな痩せてくる。両親も晩年は痩せ型だったのを思い出す。やはり基本型に近づくのだろう。

痩せていると、太った人が羨《うらや》ましい。とくにそう思うのはお尻の問題で、固い椅子などに坐ると、腰骨の底の二箇所がごりごり当たって痛い。皮下脂肪がないので、野球観戦などに行くときは必ずクッションを持参しないといけない。いわば携帯用の皮下脂肪だ。

でも太っている人にも苦労はあるようで、血圧やその他、成人病の心配が出てくる。それに夏など汗がたらたらで、痩せている人が羨ましいという。

世の中、経済的には格差社会といわれて、これは社会構造の改良でなんとかしてほしいが、肉体の方の格差は、これはどうしても自己責任ということになってくる。

痩せ組としては、とにかく冷えの警戒が必要だ。冬はむしろしっかり着込むから、あんがい大丈夫だ。それより春や夏が危《あぶ》ない。暑いからと脱ぐのは仕方ないが、見栄を張って脱ぐのが危ない。下着なんて誰にも見られてはいないんだけど、自分で自分に見栄を張って、平気だ平気だと薄着にしたりする。首巻きなんて暑苦しいと見栄を張って、ぽんと置いて出たりする。そして外出先の電車やビルの中の冷房にやられて、しまった、やはり用心するんだったと後悔する。

ぼくは首巻きのほかに、足首を守るレッグウォーマーも必需品だ。自分への見栄っ張りは最少限に止めている。

二〇〇八年九月

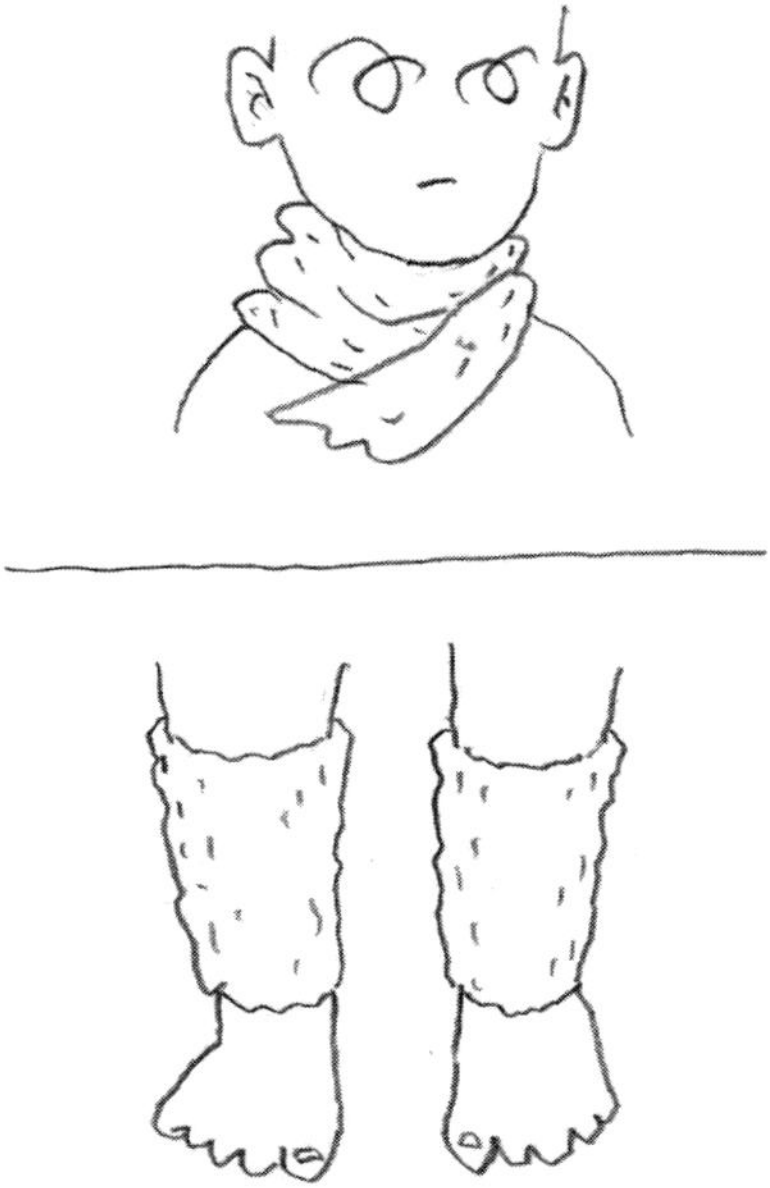

# 呑む味と見る味

病気は人間を大人にしてくれる。大人になってから病気をすると、さらに大人にしてくれる。というより、大人になるということは、病気を認知していくことだ。

若いころは病気とは縁遠い。もちろん人にもよるが、体に余力があるから、病気なんて関係ないと思っている。歳をとると、その余力というものがなくなってくる。

貯金がなくなるのだ。若いころは親の金をあてにしていたとしても、歳をとるともうその親がいない。それどころか自分が親になっている。

これを別の言い方にすると、自分が政権担当者になっている、ということである。若いころはどうしても野党気分だ。酒が好きならどんどん酒を呑《の》む。呑み過ぎは体によくないといわれても、そんなことは何とかなると、がんがん呑みたいものを呑む。何とかなると思うことで、体のことは与党にまかせている。

でも気がつくと、自分がいつの間にか自分の体の与党なのだ。長年の人生で、自分の体にはいろんな不都合が発生している。若いころは一つの問題だけ見てそこに直進していたが、いざ歳をとると問題が次々にあらわれる。一つの問題だけ考えるわけにはいかない。常に全体を見ながら、できるだけうまく自分の国体ならぬ身体を運営していくことが、いちばんの課題となってくる。

本当はもう少し呑みたい酒のグラスを見つめながら、負け惜しみとも違う感情で、じっとその眺めに耐えている。政権担当者としての悲哀である。その味を知っているから、その眺めにも味があるのだ。

二〇〇八年十二月

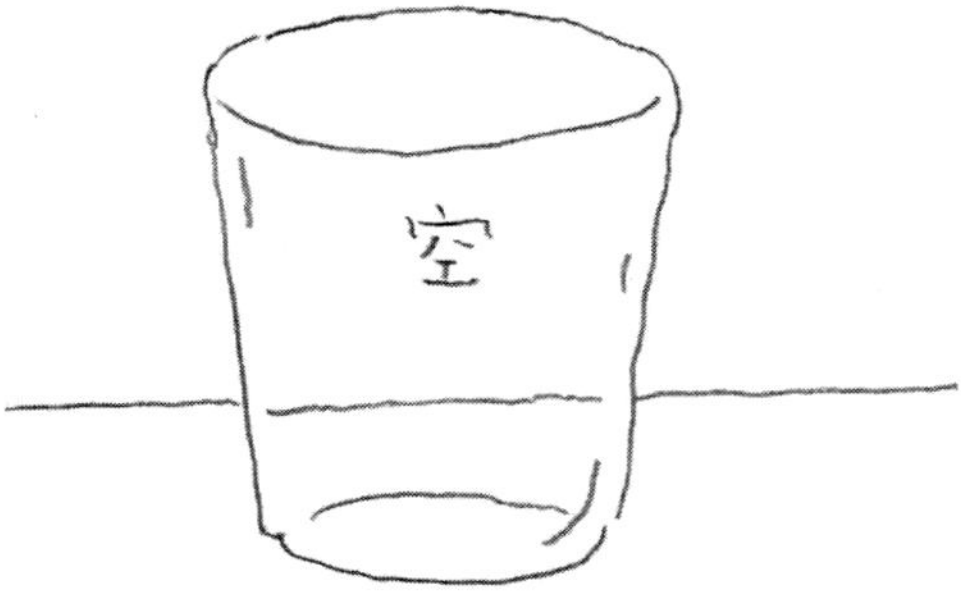
空

# 膝枕健康法

このところいつも夜寝るときは、膝枕で寝ている。なかなか具合がいい。

というと、けしからん、自分だけそんな優雅なことをして、と思われるかもしれない。膝枕の膝といえば、当然それは女性の柔らかい膝のことだ。でもこれはちょっと違う。

歳をとると、旧友と会うたびに体の愚痴をいい合う。腰が痛い、肩が痛い、目がかすむ、紙がめくれない、足が踏んばれない、といい出すときりがないが、旧友とはその愚痴が何故《なぜ》か楽しい。自分だけじゃない、みんなそうなんだ、ということを確認して、とりあえず安心するからだろう。

ぼくの場合、腰痛が永遠のテーマだが、友人の一人が、ある新聞記事を送ってくれた。最近は新聞の家庭欄などに健康問題がいろいろ載っていて、その記事は腰痛対策だった。夜寝るときだいたいは仰向けに体を伸ばして寝るが、真っすぐ伸ばしっ放しはよくないらしい。お尻が邪魔をして、背骨が少し反《そ》り気味になる。膝を少し曲げると、背骨が真っすぐになる。だから仰向けに寝るとき、膝の下に枕を置くといいというのだ。

試しにやってみると、朝寝床から起き上がるとき、腰のことを忘れていた。二日目にやっと、あ、腰が痛くない、と気がついた。昼間の活動がはじまると、またあれこれ痛くはなるが、しかし人生の三分の一の時間は眠っている。その間背骨を真っすぐにしていれば、これはやはり腰もちゃんとしてくるはずだ。

以来夜寝るときはいつも膝枕で、朝起き上がるときは非常に具合がいいのだ。

二〇〇九年三月

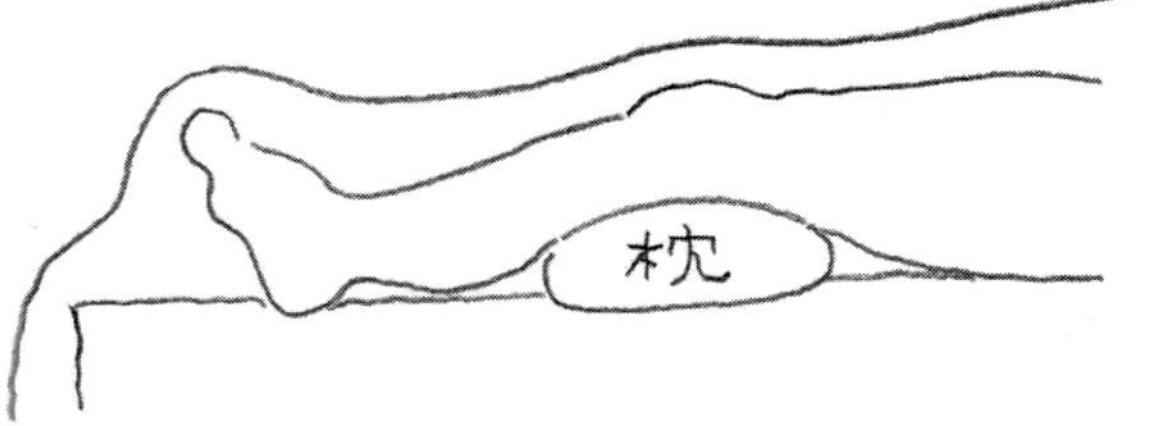
枕

# 歩きながら鳥に近づく

歳をとるのは病気ではない。だけど歳をとると、腰は痛くなるし、目はかすむし、肩は上がらなくなるし、背中は痒《かゆ》くなる。いろいろと不都合があらわれてくる。やはり歳をとるのは病気だろうか。だとすると、人間歳をとるからみんな病人なのか。でもやはりみんながなるんだから、これは病気とは違うのだろう。

最近は町でトイレを見かけたら、必ずそこで用を足すことにしている。尿意というのはあんがい精神的なもので、いったん出したいと思うと、急に何が何でも出したくなる。その波が去るとまたしばらく大丈夫だったりするものだが、でもあのやきもきする気持が嫌だ。ぼくはまた、外を出歩きながらの散歩取材が多い。だから後悔をしないように、駅でもお寺でも公園でも、トイレがあれば、まだ大丈夫だと思う時でも、必ず用を足すようにしている。痩《や》せ我慢は後悔のもとだ。

そんな自分を、鳥みたいだな、と思う。鳥は空を飛ぶので、できるだけ身を軽くしておかないといけない。まだ大丈夫、という痩せ我慢で飛んでいると、身が重いので、それだけ「燃費」がかさむ。だから鳥は少しでも溜《たま》ると飛びながらでも排泄《はいせつ》しているそうだ。

ぼくは人間だからそこまではできないが、せめてトイレを目にしたら、迷わず出しておくことにしている。
人体の排泄孔《はいせつこう》の、パッキンがゆるんできているらしい。若いころはパッキンの弾力が効いて大丈夫だったものが、少しずつ硬化して効かなくなってきている。ある意味、鳥に近づいているのだ。

二〇〇九年六月

# 宇宙空間と高齢者

宇宙飛行士の若田さんが、宇宙空間での約四ヶ月という長い生活を終えて、地上に帰還した。帰還後の地上訓練をしないとすぐには記者会見できないといわれていたが、予定よりずっと早く記者会見がおこなわれた。若田さんが宇宙生活の間、真面目にちゃんと日課の肉体トレーニングをつづけていたせいらしい。

この記事に共感した読者は多いのではないか。とくに高齢者は暗黙のうちに共感しているのではないかと思う。

それというのも、高齢者の体の骨や関節や筋肉は、少しずつ宇宙空間での体に近づいているのだ。宇宙の無重力空間というのは、腰や関節に負担がかからず、その限りでは楽な状態である。でも楽だからといって何もしないでいると、体の節々がなまってきて、地球の重力空間に帰還したとき、その重力の負担でまともに立ったり歩いたりできなくなるのだ。

人類は全員がこの地球重力空間で暮している。だから荷物を持ったり階段を上がったりという日常生活の中で、いやおうなくこの重力空間に対応する足腰を作り上げている。でも人間、楽をしたいから、たまに何もしない日がつづくと、たちまち体がその分なまって、日々の活動がきつくなる。若いころはそのくらい平気だが、歳とるとつくづくそれを感じる。

若田さんは宇宙空間での四ヶ月間、マシン相手に毎日二時間の運動を欠かさなかった。その持続が偉い。地球でのぼくはトレーニングジムで一時間、それも平均三日に一回くらいだ。それでまあ何とかもっているが、宇宙空間で毎日二時間はちょっときつい。やはり怠けたくなるだろう。よくよく考えたら、地球空間は大変な場所なのだった。

二〇〇九年九月

# 足のむくみを撃退する

最近嬉《うれ》しいことは、足のむくみを撃退したことだ。まだはっきり勝利宣言はできないが、たぶん撃退したと思う。

もう何年も前から足はむくんでいた。むくむから脚気《かっけ》かというと、そうでもない。膝小僧を木槌でコンと叩くと、足はぴょんと反応する。でもむくんでいる。指でぎゅっと押すと、そのままへこむ。たぶん血液とか水分とかが、その辺りで淀んでいるのだろう。心配して医者に聞いても、歳のせいだという顔をしている。たしかにそうだとは思うが、そんな淀んだものを追い出す手だてはないものか。

よし、自分で追い出そう。と決めて、指でぎゅっと押した。へこむ。へこむんだから、全部へこませればいいだろう、と闇雲《やみくも》に押していった。ちょうど足の臑《すね》の部分、いわゆる弁慶の泣き所の周辺部分だ。指で順番にへこませていきながら、戻ったらまた押す。お風呂のお湯の中でもぐいぐい押した。そしてある時気がつくと、臑の骨がちゃんと触《さ》われる。いつも温存されていたむくみが、どこかに消えた。

何だかあっけなかった。いままで医者に行かなければ、マッサージしてもらわなければ、何か薬を飲まなければ、と、何かに頼る気持のまま溜《たま》りに溜っていたものが、あっさりと自分の指で押し出せたのだ。
自分でやればよかったのだ。
もちろん安心はできない。テキは必ずどこかでリベンジしてくる。
でも一度撃退した自信は大きい。とにかく考え過ぎずに、むくんだら
指で押し返せばいいのだ。

二〇〇九年十二月

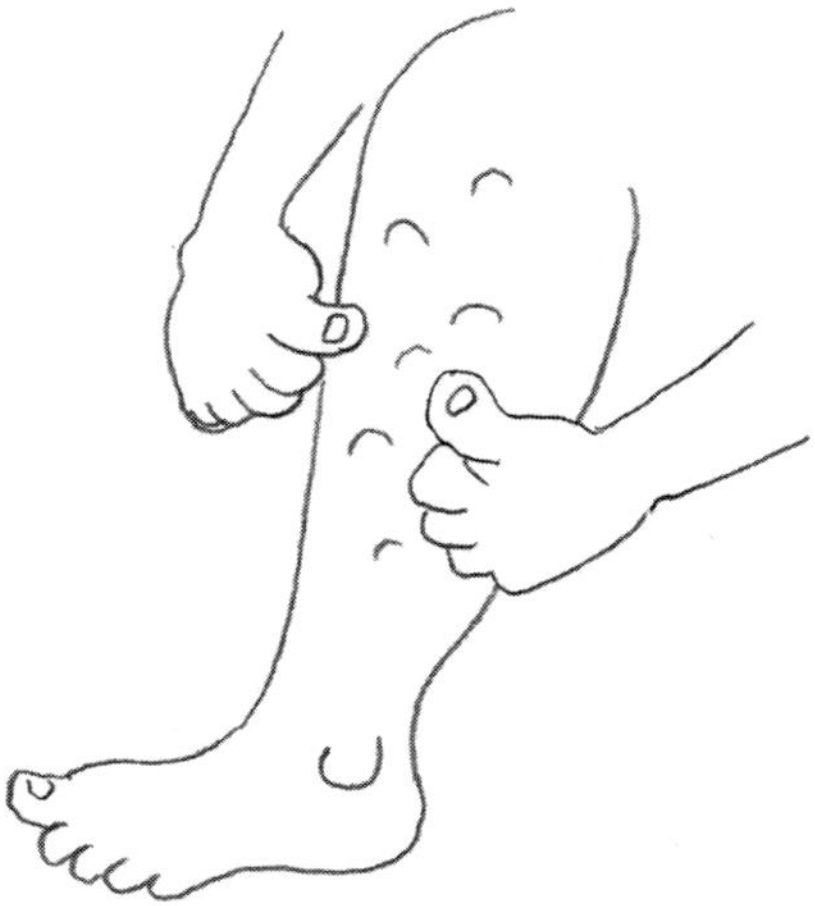

# III

## 二〇一〇〜二〇一一年

## ピンチをチャンスに

たまにスポーツジムに行って思うのだが、若者は平均以上のものを目ざして努力している。一方中年から上のものは、とにかく平均点を目ざして努力している。それがまあ歳の違いというものだ。

若いころは、平均とか平常とか、とにかくふつうであることを嫌いたがる。ふつうであることが嬉《うれ》しい、なんて、歳をとらないとわからないものだ。

人間、鼻から空気を吸って息をするのは、ふつうのことだ。でもぼくは歳とってから、花粉症が高じて鼻づまりとなり、それが慢性化した。副鼻腔炎《ふくびくうえん》。鼻から息がしにくい。だからつい口を開ける。夜など口を開いて寝ていると、口の中がからからになり、苦しい。何かの調子で鼻の通ることもあり、そんなときは朝の寝起きが気持いい。ふつうに鼻で息ができただけのことだけど、でもそのふつうがいかにしあわせか、つくづく思い知る。

昼間は部屋を暖めて、机にじーっと向かって仕事をするが、どうもこの状態が鼻づまりを促進する。たまらずに寒い外に出てウォーキングをすると、その間は鼻が通る。寒い中歩くのは大変だが、鼻だけは気持いい。とくに坂道をふうふういって登ると、確実に鼻が通る。

そんなことに気がついてから、仕事で外に出るのを厭《いと》わなくなった。健康なときは体が怠けようとして、動かずに楽をしたいと思ったものだが、いまはむしろ、仕事で外を歩くことを、鼻が望む。

身体の不幸はないに越したことはないが、あればあったで、ピンチをチャンスに変えることも、できないことではないらしい。

二〇一〇年三月

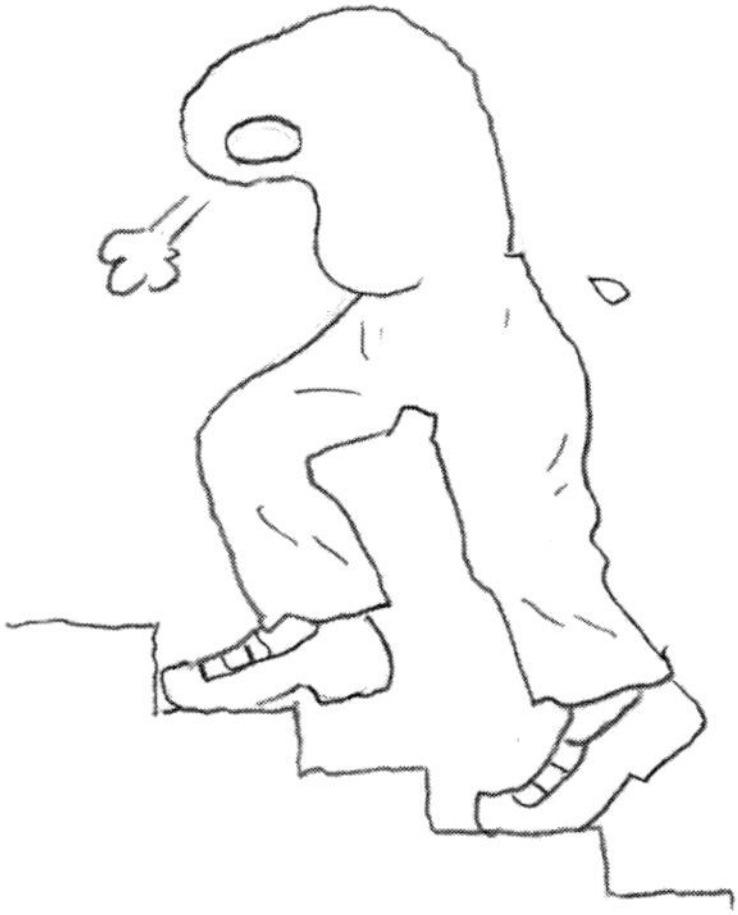

# 目の充電

人間が苦労して作り上げたものは、結局自然のものとよく似ている。ジェット機は鳥にそっくりだし、潜水艦は鮫《さめ》やイルカにそっくりだし、レーシングカーはゴキブリそっくりだ。カメラは目の構造にそっくりだし、パソコンは頭の中の仕組みにそっくりだ。

このところ実感するのは、目のことだ。日中は目を使っているというつもりもなく何かを見ている。目には何かが見えていて当り前でいるわけだが、一日も終りに近づくと、見ようとしても見えにくくなる。寝る前にテレビを見てもちらちらして、細部が見えない。というより、ぼくの場合は像がだぶる。乱視があるのはわかっているが、一日の終りごろにはそれがますます出てきてしまう。

これは目の電池切れだ。完全に切れたわけではないが、その警告が出ている。もうパワーがないぞ、ないぞ、といわれているのだ。ふつうの電池なら買ってきて交換すればいいが、人体はそうはいかない。取り外しはできないので、人体のまま充電しないといけない。つまりもう眠らないといけないわけだ。

考えてみれば日中の目はいつも開きっ放しで、何かを見ている。目を閉じて休むのは、眠っている時だけだ。その眠っている間に人体の目は充電をしている。
ケイタイも、夜の間に充電する。日中のケイタイの電池切れで懲《こ》りているので、みんな夜は必ずケイタイに充電する。いままで気がつかなかったので、人間の目がケイタイの真似をしているようだけど、じつはケイタイの方が人間の眠っている間に、人間の真似をして充電しているのだった。

二〇一〇年六月

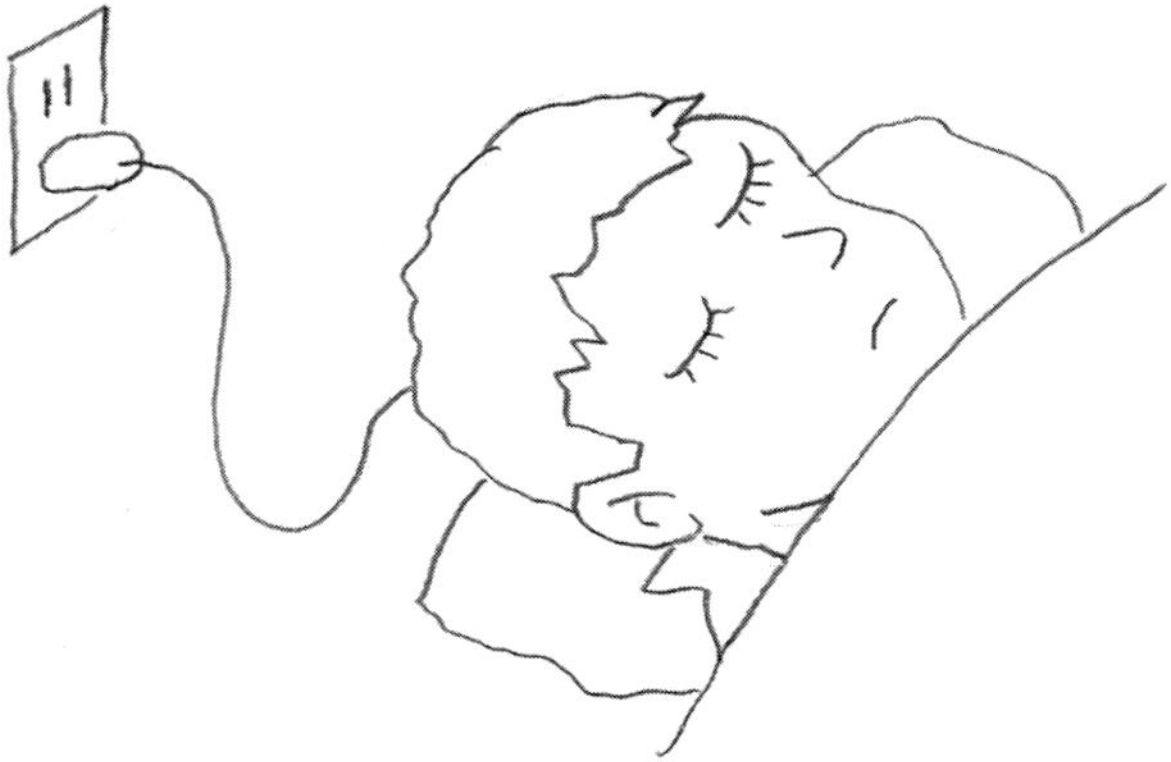

# 折れない力

散歩は体にいいけど、気分にもいい。外をぶらぶら歩きながら、いろんな景色に出合うのが楽しい。ひょっとして何か珍しいものにぶつかるかもしれない。何か不思議なものとすれ違うかもしれない。

でも世の中は同じことの繰り返しが多く、そうそう珍しいもの、不思議なものにめぐり合えるものではない。

とはいえその場合、カメラを持っていると、気分がさらに広がる。カメラというのは、ついシャッターを押したくなるものだ。その場合、何を撮るか、何に向けてシャッターを押すか、というところから少し目が広がってくる。

花でもいいし、虫でもいい。看板でもいい。世の中にはマンホールの蓋ばかり撮り歩く人もいて、ずらずら並べてみるといろんな違いがあって、それまで考えもしなかったマンホールの蓋の世界が少しずつ見えてくる。

ぼくは去年まで四年間、新聞の夕刊で毎週散歩の連載をしていた。いまでも印象に残っているのは、最初のころに見た、踏切の所に生えていた雑草だ。ひまわりみたいな、茎の太い雑草だけど、踏切の脇に子供の背丈ほど伸びたのが、途中でボキッと折れて下に垂れている。でもそれが垂れた先でニュッとカーブして、また上に向かって伸び直している。こんな「N」字状態の草ははじめて見たので、何だか妙に昂奮してカメラを向けた。

この秋にはそういう写真を並べて「散歩の収獲」という写真展をやる。先の雑草の写真にはいろいろ考えた末に「折れない力」というタイトルをつけた。写真にちょっとした言葉をつけるのが、また楽しい。

二〇一〇年九月

# 我慢のし過ぎもよくない

最近嬉《うれ》しいことがある。鼻づまりが治ったのだ。四年間鼻がつまりっ放しだった。花粉症のアレルギーがきっかけで、鼻のことではずっと苦しんでいた。

人間、鼻づまりで死ぬことはないだろう、とは思うが、辛い。四六時中だから、苦しい。

この二、三年は、近くの市民病院に通っていたが、担当の医師が変わってばかりいる。でも薬はどうせ同じものだからと、ぼくの方でも気持が慢性化していた。

歳とると体が弱るので、新聞の医療記事はよく見る。ある日「後鼻《こうび》漏《ろう》」についての記事を見つけ、あ、これだと、思い切ってそこに書かれた耳鼻科医院に予約した。

行くとそれまでの市民病院とはレベルが違い、あれこれが新鮮だった。診察を受け、重症だといわれた。ふつうなら即手術だけど、年齢的に全身麻酔は避けたい。とにかくまず薬で落着かせようと、一週間分をもらった。診察で膿《うみ》を吸い出されたのはちょっと痛かったが、次も一週間分の薬をもらい、飲むうちに鼻づまりが消えてきた。何だか

嘘みたいだ。先生も、

「薬の効きがいいですねぇ」

と感心している。ちょうどうまく自分の体に合ったのだろう。鼻づまりの間に嗅覚もなくなり、匂いはもう諦めていたが、それも何年ぶりかで戻り、驚いた。匂いが復活するとは……。膿で埋没していたものが、発掘されたみたいだ。

でも鼻たけ（鼻の奥のポリープ）というのは手術以外に消滅しないし、薬との付き合いはつづく。それでも嬉しい。自分は我慢強いたちだが、我慢のし過ぎもよくないと、つくづく思った。

二〇一〇年十二月

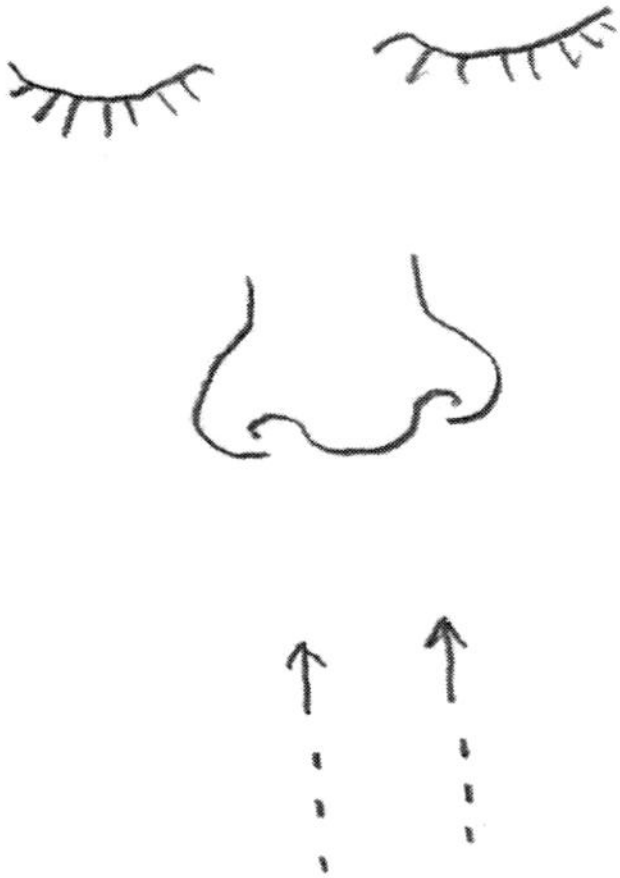

# ギアチェンジ

人には好きなものと嫌いなものとあるが、その「好き」の方が先に出る人と「嫌い」の方が先に出る人といるのではないか。

一般的には「好き」が強い前者は、どちらかというとお人好しのタイプで、「嫌い」が強い後者は、シビアな人ということになるのかもしれない。

これは性格だから仕方がないのだけど、人生も押し迫ってくると、「好き」が強いお人好しタイプの方が楽な気がする。自分がそうだからそう思うわけだが、怪我や病気で落ち込んでも、何か小さな未来の好きなことをまず思い浮かべる。夜のプロ野球中継を期待したり、夕食はどうもオデンになるらしいぞとか、何か近未来の自分の楽しみを期待する。

「嫌い」が強い人はどうなのだろうか。若いうちは批判能力が高く、浮かれずに見通すことができるだろうから、人物像としては羨《うらやま》しく思う。でも人生も押し迫ってくると、そればかりが強いとちょっとつらくなってくるような気がする。

人生が押し迫るとは年齢のことだけでなく、病気などで活動範囲の縮小する場合もある。世界の縮小ということは、逆に自分に自分がクローズアップされてくることで、そうすると「嫌い」という性分があまり役に立たなくなってくるような気がする。だからギアチェンジできるものなら「好き」の方に切り換えて、そうするとずいぶんと楽になるように思う。

自分の性分というのは、長年それで通してきているからあまり変りはないが、でも押し迫った状態がチャンスであることに変りはない。

二〇一一年三月

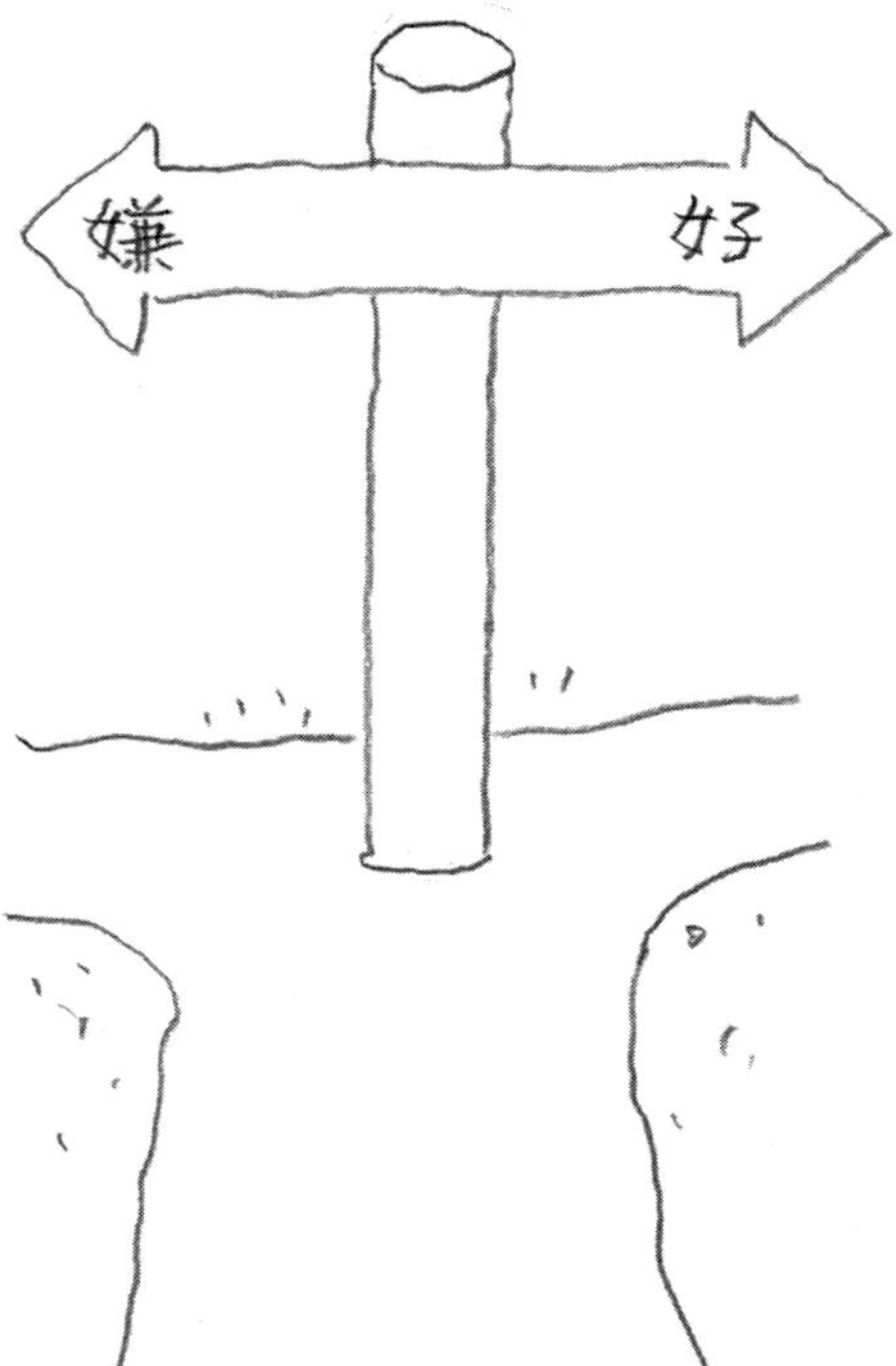
嫌
好

# ワケあり

カメラはいまも好きだが、ひところはもっと好きで、よく中古カメラ店巡りをしていた。あのころはただ夢中になっていろいろカメラを探していたが、その後もっと歳をとってみると、カメラの世界も人間の世界も、同じだなと思い当たる。

中古カメラ店の値札の隅には、小さくそのカメラの欠陥が書いてある。よくあるのは「レンズくもりあり」。レンズにうっすらと黴《かび》が生えて、やや曇っている。人間の目も同じで、若いころは新品ピカピカだった目玉が、歳をとるとどうしても霞んで、遠視や乱視が出てくる。「ボディ凹みあり」というのはカメラをぶつけたか落としたかしたもの。これを自分に当てはめればギックリ腰で、もはや万全ではない。「シャッター粘りあり」は、潤滑油が古くなって、切れが悪い。人体も同様に、歳とともにトイレではだんだん切れが悪くなる。

カメラも人体も、この世にあるものはいずれ中古品となることに、例外はない。たまに「新品・未使用」というカメラがあるが、手にしてみると必ずしも動きがいいとは限らない。それより丁寧なプロに長年使われてきたカメラの方が、磨《す》り減ってはいても動きは滑らかで、状態は良い。中古カメラの世界では、そういうものを「中古良品」という。

中古カメラに限らず中古自動車も、中古時計も、この世に長くある物はすべて「ワケあり」である。何らかの過去を持っている。でもそれが生きているということだから、中古ながらも今をできるだけ快適に、というのはすべての人体のオーナーとしての思いなのだ。

二〇一一年六月

# 凹みアリ

# 人体のオートとマニュアル

もうだいぶ前のことだが、日本酒の取材で某大手酒造を訪ねた。吟醸酒《ぎんじょうしゅ》というのがやっと世の中に定着しはじめたころだ。

その酒蔵では大手としての責任からか、吟醸酒の造り方をデータ化しようとしていた。吟醸酒というのはそうとう綿密な造り方で、本来は季節に杜氏《とじ》がやってきて、その杜氏の経験と勘で仕込みをする。でも杜氏亡き後を考えると不安になって、いまのうちに仕込みの一部始終を……、と考えたのだ。

完成間近のオペレーションルームを見せてもらった。この酒蔵で造る多くは安い一般酒で、そちら側にはいろいろ目盛があって、米の量や水の加減など、各種ダイヤルがある。そして中央のスイッチを右に倒すと「吟醸」の文字。そちらでは米の搗《つ》き方から洗米の仕方まで、一斉に吟醸方式で進むようにスケジュールされている。

でも何だかおかしかった。杜氏の経験と勘の芸術みたいにいわれている吟醸酒が、スイッチ一つだ。

とはいえ、何ごともそういくといいなと、ときどき思う。病気になるとつい気が沈んだり、弱気になったりするときがある。

自分はもともと神経質で、くよくよタイプだ。そこに落ち込んできたと思ったとき、スイッチを倒して「大胆」というのに切り換えられたら、どんなにいいか。

いや何ごとも大胆ならいいというわけではないが、ときどき自分の体質にうんざりすることもあるのだ。

逆に大胆すぎて失敗の多い人の場合、スイッチを少しだけ「くよくよ」の方に倒すという裏技があるかもしれない。

でも思い出せば、ひところそういうＣＭがあったな。人体のスイッチを見つけて押したら、急に元気になって走り出す。

そうか。やっぱりみんなそう思ってるんだ。ということは、いまさらこれを書いてもしようがないのか。

とにかく人体のオートがおぼつかないとしたら、やっぱり手造りで吟醸酒を造るように、一つ一つマニュアルでやっていくのがいちばんだ。人体も吟醸酒と同じように、デリケートである。酒米を何分《ぶ》に搗いて、洗米を何秒、水の温度は何度、とデータ化する時に得た経験に添って、一つ一つ消化していく。

食事、運動、休息、読書、歯磨き、リラックス、時に緊張、冗談、等々、生活のいろんな要素をうまく配分して、健康を作り上げていく。

ふだんは自動で「健康」のスイッチが入っているけど、多少の病《やまい》でつまずくと、そこからはマニュアル操作で、もう一度人体のデリケートをおさらいしていくわけである。

二〇一一年九月

# 内臓の大連立

生きものは、体のどこかをやられても、何とか回復して生きるように出来ている。自分の体の中でも、いつもその努力をしているらしい。でも自分には、その体の中のことがはっきりとはわからない。自分の頭にまでその報告は上がってこないのだ。

でも何となく感じる。あ、努力してるなとか、難行してるなとか、それが体の中の方から何となく感じられる。

ぼくはこの間、胃の全摘手術をした。胃がなくなって大丈夫かと思うが、人間の体はそこを何とかやってしまうものらしい。

昔聞いた話では、胃がなくても残された腸の一部がふくらんで胃の代りをする。でもいまの外科の先生に聞くと、腸はふくらまないけど、残された器官がいろいろ分担して胃の代りをするようになるという。

いずれにしても体の中で、内臓の大連立がはじまるのだ。巨大政党の胃が姿を消して、このままでは国家が立ちゆかなくなる。胃の全摘となると、国家にとっては大災害だ。昔のいい方でいうなら国難である。いまこそ国家は大連立で、この国難を乗り切ろう。

自分の体の中でそんな論議をしているかどうかはわからないが、でも何とかしようと模索しているのが感じられる。内臓が大連立のために、各党の主張を調整して走り回っている。かなり激論も交わされているようで、ない筈の胃の位置から何ものかがこみ上げてくる。
体の中の動きは、この世の中の動きとずいぶん似ている。どちらも生きものだから、似ていて当然でもある。生命というのはいつもダイナミックだ。

二〇一一年十二月

# IV

## 二〇一二～二〇一三年

# 蒲団の中の眠り方

眠りにつくのはいくつになっても難しい。いい時は蒲団に入ってすっと眠っているのだけど、いったんつまずくと、なかなか眠りにつけない夜がつづく。

あまり眠れないとあっさり起きてしまって、どうでもいいテレビ画面など見ながらしばらくやり過し、自分を疲れさせたところでまた蒲団に入る。それで何とかなることが多い。要は無理をしないことだ。

体を鍛えるには無理も必要だけど、眠りに関しては無理が利かない。利くとすれば昼の活動を無理にハードにして、しっかり疲れさせて、夜はばたんと眠れるようにする。でもそれも、いざ眠る段になるとうまくいかずに頭が冴えたりして、人体はなかなか思い通りにいかない。

最近はとにかく美味しいものをあれこれ想像しながら眠りにつく。胃の全摘という手術をして以来、食事には苦労している。いちどにばくばくではなくて、口の中で徹底的に噛《か》み盡《つく》して食べないと、うまくいかない。だからどうしても少食になり、痩《や》せてくるけど、食欲だけは旺盛だ。あれも食べたい、これも食べたい。

最近は月に二回ほどトレーニングジムに行った帰り「デパ地下」で

昼ご飯を買って帰るのだけど、あれこれ物色しながら、最終的にはどうしても鮨《すし》になる。日本人の癖だろうか。

でも眠るときは想像自由なので、頭の中ではピザも出てくるしパスタも出てくる。こんがり焼いた肉も出てくる。パンも出てくる。最近はふっくらとした焼きたてのパンが食べたくてしょうがない。

二〇一二年三月

# 雑用の神様

人間、病院に入院してみると、雑用の有難さが身にしみる。日常生活はいつも雑用にまみれている。でも頭の故障で入院すると、いっさいの雑用から切り離される。最初はそれが楽でいいようにも思うけど、だんだん退屈して体がなまってくる。体がなまれば頭もなまる。退屈するということは、その雑用の中に帰っていけるということだろう。

ぼくは、机上の仕事が多くなってから雑用に精を出すようになってきた。耳はいいほうなので、玄関の「ピンポーン」が鳴るとチャンス到来とばかり仕事を置いて駆けつけ、ハンコを押して荷物を受け取る。前の家は玄関が一階で仕事場は二階だった。だからちょっとした運動にはちょうど良い距離だ。今の家は二階が玄関で一階が仕事場だ。だからいずれもちょうど良い。

ぼくの雑用のもう一つはゴミ係りだ。古新聞、古雑誌類はそれぞれの場所に分けて積み上げていく。その他の雑誌類も、専用の袋に底から積み上げていく。生ゴミ類は台所の袋に詰め、お惣菜の入っていたパッケージ類は量《かさ》が少なくなるようにハサミで切ってゴミ袋に入れる。もう一つは洗濯物を畳《たた》む係りだ。シャツもパンツもきちんと畳む。

やりだしたらきちんとしないと気が済まないものだ。

あとまだいろいろあるが、取りあえずそれだけの雑用をこなすだけでも体の回転を始めることができる。普段は雑用をバカにしているが入院生活ではその雑用がありがたく輝いて見えてくる。

二〇一二年六月

# 体のことを忘れやすい頭

年をとるとどうしても体力が落ちてくる。神経も鈍ってくる。いろいろなことが、能力ダウンしてくる。これはどうしようもない自然の流れだ。

いわゆる老化による自然現象で、病気をするとこれにさらに体の故障でブレーキが掛かる。転んで脚をくじいたり、腰を痛めたり、脳内に故障が生じて歩けなくなったりして、ぐっ、ぐっとブレーキが強くかかってくる。

体力とはそういうものらしいが、長年生きてきた頭は、なかなかそのブレーキになじまない。これまでと変らぬ調子でやろうとするので、ついそのブレーキにつんのめるということになる。でもそれがまた新しい事故につながることにもなるので、頭は自重《じちょう》して、体の状態をよく知り、以前のようにはいかないということを、よくわきまえないといけない。

でもそれが難しい。頭にはもう何十年という習慣性が身についているので、それを自重して直すのは難しいことだ。いま自重という言葉を辞書で引いたら、体を大切にすること、と書かれていた。

つまりは自重とは、現実を知ることらしい。体は自分にとってのまず第一の現実である。体がなければ、この世には何もない。自分の体からはじまって、家庭とか、社会とか、世界とか、さまざまな現実があるが、それらは自分の体あってのことで、体がなければ頭もない。頭は結局のところ、体の一部なのだ。でも頭は体が弱るまで、そう思ってはいない。

頭はそれ自体で存在できるものでなく、自分の体あってのもの、家庭あってのもの、社会あってのものということを、最近はよく噛《か》みしめている。

二〇一二年九月

# 自分との距離感

人間が重力を感じるのはどんな時か。

体重計に乗ったとき、とまずは考えるが、それは感じるというより、頭の考えだ。買物に行って重い荷物を手にした時。これはたしかに「重い」と感じるが、それもやはり頭の考えに支えられている。

ぼくがストレートに重力を感じたのは、口の中だ。

口の中で、突然歯が抜けたとき。

それもとくに上の奥歯の義歯だ。

いきなり口の中に岩石があらわれた。

そんな感じに驚いた。

もうだいぶ前に親知らずが悪くなり、とはいえ下の奥歯と噛《か》み合っていて、当分かぶせて生かしましょう、ということでやってきていたのだ。

そのかぶせた奥歯の義歯の接着が古くなってきたらしい。

いきなりゴロリと落ちた。

ちゃんと所定の位置にあるときはぜんぜん意識もしなかったのに、外れて落ちると、いきなり重さを感じて驚いた。

どうも人間の意識というのはそういうものらしい。

体の一部として機能しているときはミウチとしてほとんど意識しないが、そこを外れたとたんに外からのものとなる。

セーター一枚が、手に持つと重さを感じるが、着てしまうともう重さを感じない。

それと同じことなのかもしれない。

手に持った文庫本一冊を、ズボンの後ろのポケットに入れるだけでもずいぶん違う。

これは言いだすときりがない。

二〇一二年十二月

# パーが出せない

夕食の後、どうやら居眠りをしていたらしい。

右の掌《てのひら》がぜんぜん上がらない。

自分では寝違《ねちが》えたくらいに思っていたが、座ったままの無理な姿勢で右腕を圧迫していたのだろう。

いずれ簡単に治ると思ったが、妻がえらく心配をした。

「これから直ぐに病院に行く」

深夜12時頃だ。

救急車は大げさなので、慌てて自家用車で向かった。

宿直の前を通ると、当直の先生が待っていてくれた。

「急に右手が動かなくなったのです」

と訴えると、しばらく右手の動きをジッと見つめている。

「パーをだしてみて下さい」

と、いわれたが、どうしてもグーしか出せない。

「うーん、パーができないんですね」

ぼくにはそこが急に、森の奥の奥の病院に思われてきた。

ジャンケンの弱くなった動物たちが、こうして先生に診てもらいに来ている。

ジャンケンでパーが出せないと当然ながらグーには勝てない。

よし、これからはパーがちゃんと出せるように右手を鍛えよう。

パーを出すのがこんなに難しいとは思わなかった。

結局、先生の診断は、橈骨神経麻痺《とうこつしんけいまひ》ということだった。

二〇一三年三月

# 風の美女軍団

自分は今、車椅子の身になってしまった。まわりは坂の多い町だ。あるとき歯が痛くなって、こんな場合、簡単に歯医者に行けない。困ったなと、あれこれ電話してみると、往診で歯医者さんが自宅まで来てくれるという。

えっ？　歯医者さんが往診してくれる？

驚いていると、三人ほどの白衣の女性が、風のようにドドっとやってきて、自宅の部屋がたちまち診察室に変わってしまった。

白衣にマスクだから顔はわからないが、みんな睫毛《まつげ》が長く、目がパッチリとして、今時の大変な美女軍団だ。マスクをすると女性は、美人に見えるという説もあるが、でもみんな美人だ。

みとれていると、てきぱきとドリルを取り出し、虫歯を削り、詰め物をして、さっさと終えてしまった。

歯医者といえば時間が長くかかるという先入観や、待合室にいるときの不安な感じなどが、一気に吹き飛んでしまった。

美女軍団は、しつらえた道具をさっと片付け、また風のように去っていった。

こんなに早く終わっていいものだろうか、と思えるほどだった。

あの美女たちはどこでもあのように、てきぱきとしているのだろうか。

はじめ歯医者の往診と聞いたときに、どうやるのだろうと、あの大きな装置を考えて思ったものだが、実にあっさりしたものだった。

病気の身になってこそ、わかったことはいろいろとある。

二〇一三年六月

# 頭に広がる謎の答え

最近は面白そうな「ナゾナゾ」を探している。
探してみると意外とないものだ。
入院生活が長いと、どうしても何か楽しみや刺激がほしくなる。
それにはまず「ナゾナゾ」が、頭のストレッチになる。
そして謎に広がりがあって、簡単なものがいい。

例えば、

「ストロベリーは何語？」

「いちご」

というのがあって、この「ナゾナゾ」は好きなひとつだ。設問が子供っぽくて気に入っている。

それは自分で作ろうとしても、なかなか出来ない。

今回は肺炎を患い、春から長期入院をしている。

そうすると、社会との関係も絶たれ病院内だけで楽しみを、見つけねばならない。

「ナゾナゾ」は頭だけで練り合わせが出来る。

なにも道具は要らない。

その上で一滴の謎が、頭全体に広がる。
そして、とうとう解らず降参し答えを聞くと、
「やられた！」
と、思わずそこで笑いが湧きおこる。
このせいもあってか、自分の病気は快復に向かっている。
そしてこの原稿も病室で書くことができた。
やっぱり人間は笑ってこそのものなのだ。
そのことが身に沁みてわかった。

二〇一三年九月

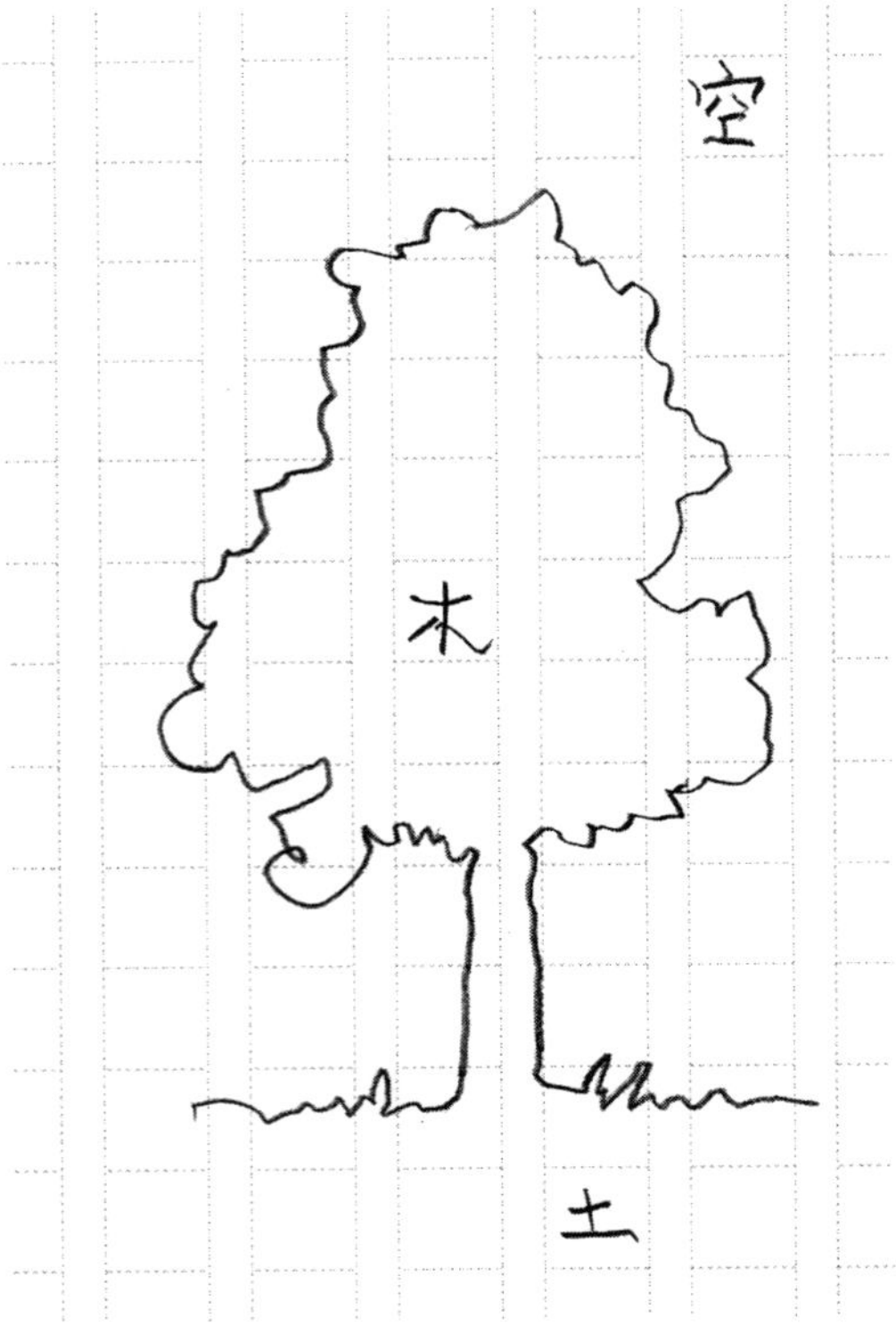
空
木
土

『健康半分』あとがき

『増補 健康半分』によせて

# 『健康半分』あとがき

この文章は、病院の待合室に置く小冊子『からころ』に「病気の窓」というタイトルで連載していたものだ。

病院の待合室の空気は独特である。自分の体に何らかの診断が下される、それを待っている場所だから、誰しもその空気にはひやりとしたものを感じている。人間、あるいは人生は、体があってこそのものである。でもふだんは体のことなど考えない。健康が当然だと思っている。そこへ何らかのアクシデントがあり、どうしたものかと病院の待合室に来ている。

そこの空気にひやりとするのは、そこで自分の体を顧《かえり》みるからだろう。自分の人生を顧みる、人生というのは体の健康の綱渡りだと感じて、そこでひやりとするのではないか。

「健康半分」というタイトルは、本を造っている過程で出てきた。理屈をいい出すときりがないが、コップに水半分のイメージが気に入っている。満たんではきつすぎる。とりあえず半分で、あとはまたいずれ、というくらいのゆるみも、健康には必要だ。

　もうじき梅雨があけるのか、蒸し暑い。寒がりの自分でさえも、いまは肌着一枚になり、久し振りのそよ風が気持いい。

二〇一一年六月　赤瀬川原平

『増補 健康半分』によせて

# どんなに不自由になっても楽しむことを忘れない人

松田哲夫（編集者）

赤瀬川さんに出会ってから約半世紀、ぼくの編集者としての仕事が充実し、楽しい仲間に恵まれ、愉快な時間を過ごすことができたのは、ひとえに、この人のおかげである。

ぼくはまだ学生で、大学新聞の原稿をお願いにいったのが、最初の出会いだった。それからは、興味の方向性が近いせいか、実用マッチ、明治大正の引札、宮《みや》武外骨《たけがいこつ》の雑誌類、今和次郎《こんわじろう》の考現学文献などを集めては楽しむようになった。そういうものを見ながらの話は限りなく盛り上がり、赤瀬川さんの家に何日も居続けたこともある。

そのうちに、赤瀬川さんが美学校で講義をするというので、手伝うことになった。ぼくたちが楽しんでいたものを教材にすると、そこにきた生徒である南伸坊くんも笑ってくれた。それからは南くんも加えて、櫻画報社としてさまざまな雑誌、新聞でパロディ作品を作っていった。また、宮武外骨の仕事の再発見を進めたこともある。

そして、赤瀬川さん、南くん、そしてぼくの三人で発見した「超芸術トマソン」は路上観察学会へと発展してゆき、その活動の中から「老人力」という概念が誕生した。

いつも、赤瀬川さんを中心に集まると、いつの間にか話が始まっている。そして、どんな話であっても、そこに付け加える赤瀬川さんの言葉のひとつひとつが魅力的だった。だから、この人と話していると際限がなくなる。身近なちょっとした事柄に冗談を交え、妄想をからめていって、お互いに思いついたことを付け加えていく。こういう話にいったんドライブがかかると止まらない。これは、路上観察学会での雑談もそうだった。老いにまつわるネガティブなイメージをポジティブにおきかえることを提唱して、新語・流行語大賞に輝き、四十万部を超えるベストセラーにもなった『老人力』もそこから生まれたのだった。

＊

赤瀬川さんは、若いときに大病を患ったが、その後は基本的に健康な生活を送っていた。しかし、近年は、さまざまな身体の不調に悩まされ、大病にも続けて襲われた。そういう経験を踏まえて書き始めたのが雑誌『からころ』の連載コラム「病気の窓」だった。この連載は第二十三回までが単行本『健康半分』（デコ）にまとめられ、二〇一一年七月に刊行された。

ぼくは、本になってから初めて読んだ。これは、『老人力』での思考をさらに深化させた続編ともいうべき本だった。前著の時よりも年を重ね、体のあちこちが衰えてきており、全体としては、病気に攻め込まれていることは否定のしようがない。しかし、赤瀬川さんは、そうなっても決してあきらめない。現実を柔軟に受け入れながら、ちょっとした安らぎ、楽しみを精一杯味わい尽くす。

例えば、「病気さんとのお付き合い」という文章には、ついつい笑ってしまった。病気のことを「病気さん」なんて擬人化して語るのだから。そして、「この人がときどき交際を求めてくる」という、「好きな人ではないからお断りしたい」のだがそうもいかない。そこで「ほどほどの交際」をしていこうと考える。「なるほど」と思われる方も多いのではないだろうか。よほどの重病でない限り、病気には波があったりする。それを見きわめて上手につき合うというのも大事だということなのだろう。

「呑む味と見る味」という文章もおもしろかった。私達は、若いころには体のことを無視して無茶をしてきた。ところが、歳とってみると、そうはいかなくなってくる。若いころが「野党気分」だとすると、歳をとると「政権担当者」にならざるをえなくなる、というのだ。この表現は言い得て妙、深くうなずかされた。

この本を読んだ数ヶ月後、ある展覧会のオープニングの会場でひさしぶりに会うことができた。そのとき、すでに体調を崩して車椅子に乗っていた赤瀬川さんは、ぼくの顔をみつけて嬉しそうに笑い、「どう、体の方は大丈夫」と語りかけてきた。自分は車椅子に座っているのに、ぼくのささやかな持病のことを心配してくれる。この心づかいと強がり、いかにも赤瀬川さんらしいなと思った。

＊

二〇一四年十月二十六日の午後二時頃のことだった。めったに使われることがない固定電話が鳴った。ちょっと不安な気持ちで受話器を取る。

「読売新聞のMです。今朝、赤瀬川原平さんが亡くなられたそうですが、ご存じですか」

携帯電話を調べてみると、赤瀬川夫人から六時四十七分に着信があり、その後、南伸坊くんから何度も電話がかかっていた。慌てて南くんに連絡をとる。赤瀬川さんは自宅に戻っているので、彼らはそちらに向かうという。

ぼくは、夕方までに読売新聞、翌日午前中に産経新聞と、それぞれ三枚の追悼文を書かねばならず、とりあえずパソコンに向かった。

その後は、通夜、告別式などの日々が続いた。二十八日オープンの「赤瀬川原平の芸術原論展」(千葉市美術館)では、十一月一日に秋山祐徳太子さん、藤森照信さん、ぼく、三人のトークショーがあり、その後、オープニング・レセプションが予定されている。

トークショーは、それぞれに、思い出深いエピソードを話してもらえばいいのだから、まあ、成り行き任せでも大丈夫。しかし、オープニングの方は、そうはいかない。赤瀬川さん本人はもちろん、夫人も出られる状況ではない。となると、ぼくと南くん、それに山下裕二さんが代わりに挨拶するしかない。そのトップバッターに指名されたのだが、何を話せばいいのか、困ってしまった。赤瀬川さんとのことを思い出すと、いろいろのことがとりとめもなく浮かんできて収拾がつかない。

前日、思い悩んでいると、ぼくの仕事場の近所にあるデコのSさんがやってきた。彼女は、『からころ』に赤瀬川さんが最後まで書いていた「病気の窓」のコピーを届けてくれたのだった。

そのエッセイを読んでいると、病気に苦しめられながら、それでもちょっとした光明や楽しみを見つけ出し、前向きに考えようと努める赤瀬川さんの姿が浮かんできた。どんな逆境になっても、転んでもただでは起きない人だった。どんなマイナスでもプラスに転換する、そういうことができる人だった。

そして、この連載の第三十二回「頭に広がる謎の答え」にまでやってきた。どうやら、これが絶筆のようだ。字数も、それまでの八百字近くに対して、六百字ぐらいしかない。後で、夫人に尋ねたら、この時は、もう鉛筆を持つこともできず、口述したものを夫人がパソコンで入力したそうだ。

この短い文章は、いかにも赤瀬川さんらしいものだった。「なんだ、元気じゃないか」と一瞬勘違いをしてしまったぐらいだ。そして、レセプションでは、ぼくがつまらない挨拶をするよりも、これを読み上げようと決めた。

翌日、いよいよその時がやってきた。僕はつっかえつっかえ読んでいった。

「肺炎を患い、春から長期入院をしている。そうすると、社会との関係も絶たれ病院内だけで楽しみを、見つけねばならない。」

どんなに不自由になっても、楽しむことを忘れない赤瀬川さんがここにはいる。

「それにはまず『ナゾナゾ』が、頭のストレッチになる。」「『ナゾナゾ』は頭だけで練り合わせが出来る。なにも道具は要らない。」

思いついた時の表情が見えるようだ。

「例えば、『ストロベリーは何語?』『いちご』というのがあって、この『ナゾナゾ』は好きなひとつだ。」

粛然として聞いていた人たちの中から、軽い笑いが漏れる。「あ、赤瀬川さんはよろこぶだろうな」と、ぼくも嬉しくなる。

そして、文末まであと五行にさしかかる。

「このせいもあってか、自分の病気は快復に向かっている。」

この「快復」の二文字が目に入った時、「そう思いたかったんだろうな」と、赤瀬川さんの祈るような気持ちを想像して、こみ上げてくるものがあった。その嗚咽を抑えながら、なんとか読み終えることができた。

「やっぱり人間は笑ってこそのものなのだ。」

赤瀬川さんの思いの一端を何とか伝えることができたのではないかとホッとした。「『いちご』うけてましたよ」と言いたいのだが、その相手は、もういない。

## 初出誌『からころ』について

『からころ』（ネグジット総研発行）は、医療と健康をテーマにした季刊のフリーマガジンで、全国の病院や薬局で配布されています（創刊は二〇〇六年二月）。巻頭エッセイ「病気の窓」は、創刊号から三十二号（二〇一三年九月）まで連載されました。

HP: http://karacoro.net/

デコライブラリー

# 増補　健康半分

二〇一五年二月十八日　初版第一刷発行

著者　赤瀬川原平

発行者　髙橋団吉
発行所　株式会社デコ
〒一〇一・〇〇五一
東京都千代田区神田神保町一・六四
神保町協和ビル二階
http://www.deco-net.com
電話　〇三・六二七三・七七八一（編集）
　　　〇三・六二七三・七七八二（販売）
編集担当　齋藤春菜、大塚真

印刷所　新日本印刷株式会社
装幀　内川たくや（ウチカワデザイン）


ISBN978-4-906905-11-9　C0395